RELICÁRIO

Dados Internacionais de Catalogação na Publicação (CIP)
(Câmara Brasileira do Livro, SP, Brasil)

Greco, Felipe
    Relicário / Felipe Greco. São Paulo : GLS, 2009.

    ISBN 978-85-86755-53-8

    1. Contos brasileiros 2. Homossexualidade I. Título.

08-10594   CDD-869.93

Índice para catálogo sistemático:
1. Contos homoeróticos : Literatura brasileira   869.93

Compre em lugar de fotocopiar.
Cada real que você dá por um livro recompensa seus autores
e os convida a produzir mais sobre o tema;
incentiva seus editores a encomendar, traduzir e publicar
outras obras sobre o assunto;
e paga aos livreiros por estocar e levar até você livros
para a sua informação e o seu entretenimento.
Cada real que você dá pela fotocópia não autorizada de um livro
financia um crime
e ajuda a matar a produção intelectual de seu país.

RELICÁRIO

Felipe Greco

edições GLS

RELICÁRIO
Copyright © 2009 by Felipe Greco
Direitos desta edição reservados por Summus Editorial

Editora executiva: **Soraia Bini Cury**
Assistentes editoriais: **Andressa Bezerra e Bibiana Leme**
Capa, projeto gráfico e diagramação: **Gabrielly Silva**
Tratamento de imagem da capa: **Wagner Fernandes**

Edições GLS

Departamento editorial:
Rua Itapicuru, 613 – 7º andar
05006-000 – São Paulo – SP
Fone: (11) 3872-3322
Fax: (11) 3872-7476
http://www.edgls.com.br
e-mail: gls@edgls.com.br

Atendimento ao consumidor:
Summus Editorial
Fone: (11) 3865-9890

Vendas por atacado:
Fone: (11) 3873-8638
Fax: (11) 3873-7085
e-mail: vendas@summus.com.br

Impresso no Brasil

SUMÁRIO

Apresentação e agradecimentos 7

Segredo 13
Relicário 14
O banho 18
Encontro na chuva 25
As máscaras 29
Estações 33
O machão 34
A espera 38
Dois no escuro 44
Porta-retratos 48
O vazio e as sombras 49
Notas de alcova 52
Olé! 56
Almodóvar 60
Beijo 65
Despedida de solteiro 66
Chuva rala 71
De repente... 75

O *voyeur* **79**

O escritor de contos eróticos **83**

Para um dia qualquer, depois de hoje **87**

Madrugada sem lua **91**

Sexo, suor e urtigas **96**

Profecia **102**

APRESENTAÇÃO E AGRADECIMENTOS

Em junho de 2004, o então editor-chefe da *G Magazine*, Jayme Camargo (Pai), gentil e corajosamente me encomendou um conto homoerótico para a revista. Confesso que fiquei lisonjeado e, ao mesmo tempo, aflito, pois não me achava capaz de produzir nada assim *tão específico*... e num prazo tão curto: menos de uma semana! Ainda mais um texto erótico. Talvez para me seduzir, Jayme ofereceu duas páginas. Como sou um sujeito atrevido, escrevi o conto "O banho", que foi publicado no mês seguinte. Para minha surpresa, a redação recebeu vários e-mails contendo elogios – principalmente de mulheres, que se identificaram com um texto, segundo elas, "picante, mas sem ser tão apelativo... e até engraçado".

Lógico que foi muito importante ter esse *feedback*. E, animado, escrevi o segundo conto, "Encontro na chuva" – que dediquei à cantora Marina Lima –, com o mesmo formato e tamanho do anterior. E foi aí que veio a surpresa de *dona* Ana Fadigas (ex-diretora da revista): "Conto, só de uma página!"

Sim, foi um banho de água fria! Como reduzir tanto? Com raiva, espremi daqui, enxuguei dali... E não é que ficou melhor? *Dona* Ana sabe das coisas!

Depois desse segundo conto, não parei mais. Mês sim, mês não, fui enviando novas histórias. Umas bem eróticas, outras nem tanto. Algumas, com certo tom de sarcasmo, mais debochadas. Embora sem poder escapar muito de certos temas recorrentes e antigos clichês do gênero (belos, sexualmente bem-dotados, musculosos, fardados etc.) e também sem ter *grandes compromissos* do ponto de vista literário, procurei dar rápidas pinceladas de lirismo nas histórias. Tanto que alguns leitores chegaram a reclamar que os contos "não excitavam mais como antes". É claro que fiquei magoado. Não com as críticas, mas por constatar que, infelizmente, algumas pessoas ainda não conseguiam/conseguem enxergar além do óbvio. Fazer o quê? Segui em frente. Vasculhar a libido alheia era, ao menos para mim, uma via de mão dupla. É lógico que escrevi para me divertir e me exercitar como ficcionista, mas também para mergulhar nos meus subterrâneos e arejar um pouco meu *baú freudiano* de totens e tabus.

Enfim, foram três anos de colaboração, desafio pessoal e intenso aprendizado. Creio que realizei meu trabalho de *contador de histórias* com dignidade. Não é nada fácil visitar os porões da nossa libido. Sair ileso, então, quase impossível. De modo que encerrei minha participação na G *Magazine* com a sensação de dever cumprido. E este pequeno livro é um despretensioso registro de todo esse período. Aqui, além dos textos publicados na revista (revistos e ampliados para esta edição), ofereço outros contos e microcontos. Sim, acabei me viciando em enxugar histórias! Nem todas são eróticas, porém a maioria tenta abordar esse complicado – e talvez por isso mesmo instigante – universo do desejo.

Um forte abraço a toda a equipe dessa revista que, sem dúvida, já faz parte da história daqueles que lutam por um mundo menos hipócrita e mais justo. E deixo aqui um agradecimento especial aos meus editores da G *Magazine* (Ana Fadigas, Jayme Camargo, Sérgio Miguez, Ferdinando Martins, Haroldo Pereira e Rodrigo de Araújo) e das Edições GLS (Soraia Cury). Valeu!

F. G.

Talvez tivesse chegado o tempo de eu me tornar quem sou.
E serei aquilo que não prevejo, sem o desejar,
mas não serei marinheiro, explorador, gângster, dançarino,
nem boxeador, pois o mais esplêndido representante deles
já não exerce domínio sobre mim.

Jean Genet, *O milagre da rosa*

SEGREDO

Um seminarista se ajoelha ao lado do criado-mudo para fazer o sinal-da-cruz. Em seguida, assopra a chama, espalha um pouco de óleo na ponta da vela e:

— Ave...! — geme baixinho, a boca bem espremida no travesseiro de penas de ganso.

RELICÁRIO

Para *Alcides Nogueira* e *Klecius Borges*

Onanista de longa data, voraz e incorrigível, eu estava a ponto de me conformar: talvez ele merecesse mesmo viver escondido pelos cantos, amaldiçoado e proscrito. Ora, porque vocês, puritanos inflexíveis, fizeram de tudo para transformá-lo em um diabo solitário e repulsivo. Sim, e já acreditando que nascera predestinado a correr pra sempre de si mesmo, meu personagem afundava de cãibras e de culpas, levando consigo boias murchas, muletas de vidro, divãs mercenários, ladainhas mecânicas e orgasmos fingidos! Ainda vulnerável demais às convenções, ele entrava e saía de relacionamentos com o despudor de um criminoso fujão cuja glória era reincidir no delito para poder voltar ao cárcere e, depois, escapar de novo, feliz e vingado.

Mas, calma, isso foi antes de ele dominar a arte de invadir braguilhas alheias em pensamento. Primeiro, ele respira fundo, até exorcizar seus traumas. Decantado o último freio, meu personagem flutua tesudo e insuspeito à caça de preciosidades. Nas ruas, praças, teatros, shoppings, enfim, nos lugares mais inusitados e sob cada peça de roupa, ele adivinha a nudez dos seus amados, como um Michelangelo febril, querendo livrar do frio da pedra um novo e ainda mais vigoroso David.

Porém ele não faz isso com qualquer um, nem de modo aleatório. Dono de uma técnica fina e altamente seletiva, seus olhos, por exemplo, não podem encontrar nos da vítima sinais de retribuição ou consentimento. É imprescindível que o desejo dele se conserve contraventor, vampiro, incógnito e exclusivo àqueles que, em público, vão recusá-lo. A possibilidade de ser rejeitado pelas vítimas é o que mais o excita.

À noite, feito um ladrão de ex-votos invisíveis, ele mergulha na cama, fecha os olhos e, sem pressa, monta seu relicário com os tesouros que juntou durante o dia: cabelos curtos, olhos mouros e ciumentos, nariz adunco, boca de negro, lábios úmidos, queixo com aquele furinho no meio, pomo-de-adão quase rasgando a pele bronzeada, mamilos eriçados, pentelhos macios, mastro potente, veias dilatadas, saco bem lisinho, bolas grandes e

caídas, virilhas sensíveis, pernas de maratonista e, por último, sua tara: pés másculos, dedos grandes, tufos de pelos em cima.

Construída a imagem, ele se põe a trilhar o caminho inverso. É fundamental mapeá-la e cerzi-la com músculos de lutador, tornando-a suficientemente forte para virá-lo de quatro com uma única e certeira bofetada para, em seguida, penetrá-lo sem rodeios. Então, criador e criatura de sua obra, ele começará a se masturbar, recitando versos que roubou dos mictórios. Poemas ácidos forjados no cio e ungidos com os respingos da ordenha apressada e anônima de outros jovens senhores tão ou até mais celibatários do que ele consegue ser. Para que seja meu de verdade, esse personagem devasso deverá abominar ambiente imaculado! Banheiro público sem cheiro de esperma fresco e livre de obscenidades também lhe parecerá tão deprimente quanto um templo vazio, um altar saqueado, uma romaria sem fé. Vai dar meia-volta. E fugir. Assim como eu, meu personagem não saberá *rezar* sem paixão.

Após o gozo, não permitirei que se limpe. Seria um sacrilégio deixar que ele destrua as pérolas jorradas em torno do umbigo para coroar a divindade dos nossos amantes imaginários e idealizados. Apenas fechará suavemente os olhos, saciado e feliz, pois também já terá aprendido que o sono o protege da cruel realidade que nos mantém à margem de tudo e de todos, por conta desse desejo (para muitos) indigesto. Somente em sonho nossos amores são possíveis.

Loucura de ficcionista? Egoísmo? Blasfêmia? Ora, que seja! Porém é nesse delírio que meu personagem conseguirá nos desvencilhar dos nossos recalques e me encarar através do monitor sendo apenas ele mesmo: uma projeção menos impossível da minha libido. Feroz e exaustivamente treinado por mim, agora ele sabe como me satisfazer por inteiro: basta dormir o sono que inventei para libertá-lo – ao mesmo tempo que me liberto – das injúrias que nos acorrentam ao que, de fato, nunca fomos. No sonho, ele guardará nosso segredo numa redoma de vidro blindado, feita sob medida para nos salvar das labaredas dessa fé arrogante e implacável. Mas não se assustem; amanhã, deixarei que o sol venha outra vez, carrasco e invejoso. Ao menos por enquanto nosso joguinho hipócrita se manterá intacto: de um lado permanecerão vocês, os inquisidores; de outro, nós dois, os hereges punheteiros.

O BANHO

Férias, pausa merecida no cursinho e o de sempre: mochilas nas costas, bicicletas e muita poeira até a chácara de Verônica – ou simplesmente Verô –, a tia predileta do Flávio, meu namorado. Mas talvez este ano seja um pouco diferente. A encalhada tanto fez macumba, o escambau, que não deu outra: fisgou um coitado por intermédio da net. O nome da vítima: André. Segundo ela, um tesudo oficial do Exército.

Embora seja inverno, os dias andam abafados. Quanto à recepção... Bem, ao menos pra mim que sou *tarado*, perfeita: flagramos os pombinhos na maior safadeza à beira da piscina. A titia: muito botox na cara e um oceano de silicone nos peitos. Se trancar o espirro, adeus! Já o major... Ufa! *Mignon*, cinquentão, cabelos levemente grisalhos, sarado e com um volume na sunga capaz de desconcentrar o dalai-lama. Mas, como nada é perfeito... Sei lá, desconfio que o fulano não gostou muito da nossa visita. Sequer apertou nossas mãos.

Mais por curiosidade do que qualquer outra coisa, pergunto ao Flávio se o babaca não foi com a nossa fachada ou se ele era assim mesmo, do tipo que se sente mais homem bancando o estúpido.

— É milico, deve ter um detector de bibas enfiado no rabo.

Levo um susto. Meto a pinça e os cremes no *nécessaire*. Apago a luz. Pergunto:

— E você acha que eles sabem de nós, Flávio?

— As famílias sempre sabem.

A resposta dele ecoa na penumbra. Será que a minha família sabe tudo de mim? Será que suspeitam que eu ainda penso que eles não sabem de nada? Acabo perdendo o sono. Salto da cama e vou até a sala ver se encho os cornos. Álcool puro, querosene, tanto faz.

A ideia de estar hospedado a contragosto do possível-futuro-dono-da-casa a um só tempo me incomoda e me excita. E nada melhor do que uma noite de vigília regada a tragos baratos para ampliar detalhes até aqui aparentemente insuspeitos. Pode até soar como papo de bebum, mas começo a me dar conta de que André nos trata de um modo esquisito, áspero demais para não ser hipócrita. Ah, que vá tomar no cu! Tiro o pau pra fora e toco uma bronha no jardim, deitado na grama, mirando a lua.

Na manhã seguinte, Flávio e a tia saem cedo para comprar carne e mais algumas cervejas na cidade. André fica para consertar a chaminé da churrasqueira. Acordo lá pelas onze. Dou bom-dia ao titio malcriado... Malcriado? Malcriado e mal-acabado sou eu! Cristo, ele está de short de náilon, sem camisa, peito coberto de fuligem! Pra variar, o bonitão ignora meu cumprimento. Dane-se, penso, tenho mais o que fazer, espantar dos miolos esse enxame de abelhas africanas, por exemplo. Vou para a cozinha preparar um café bem forte.

Mais um pouco, André surge na porta e, com aquela pose de Vin Diesel de asilo, avisa que posso atender ao telefone, caso toque, pois ele vai subir para tomar banho. Faço que *sim* com a cabeça, mas em pensamento grito: "Foda-se!" Mau humor pega rápido; já estou contaminado. Ora, se ele não gosta de veados, que abra logo o jogo, que nos expulse dali, enfim, tome uma atitude.

Sento à mesa para beber meu café em paz. Finjo não escutar nada além das mordidas crocantes nas benditas torradas de gergelim... que, caralho, eu odeio! Mas que agora podem, sei que podem, me salvar! Juro que me empenho ao máximo, mas... Esse barulhinho de água caindo sempre me vence! E, além do mais, chuveiros elétricos são cruéis. Lá em Marte ouve-se o ruído. Geringonças feitas na medida exata para torturar um cara, assim como eu, *voyeur* nato e incorrigível. É verdade: desde pivete, pelo buraco da fechadura, irmãos mais velhos, cunhados, primos... Tios, então, meus preferidos.

Começo a delirar: água morna escorrendo... pele bronzeada... músculos... cicatrizes bem recentes... Militares as colecionam, valem mais que medalhas, sinal de coragem, pauzão, virilidade.

Não resisto. Feito um gato de rua no cio, ando até a porta do quarto, que, para meu alívio, está destrancada. Abrir, não abrir... Deus que me livre da tentação, do pecado, amém! Que Deus, que nada! Giro a maçaneta e vou empurrando a porta com cuidado, destreza de profissional. Que estranho! Porta do banheiro aberta e espelho da cômoda refletindo de forma estratégica o boxe de

vidro transparente? Arapuca? Já sobrevivi a tantas… Ok, vale o risco. Mais alguns passos, porque, por ironia do destino, sou míope. Droga, devia ter colocado as lentes! Também amaldiçoo o vapor ciumento que me deixa vislumbrar apenas a silhueta do major!

Frio repentino, seguido de uma tremedeira que quase me joga duro e estorricado no tapete. Cãibras. Hipertensão. Febre alta. Não, já não respondo por mim. Desejo, medo… Tudo se misturando por dentro e me enlouquecendo. Nisso, vem o jato d'água redentor desembaçar parte do vidro e me seduzir com um dos corpos mais deliciosos que meus olhos, embora desfocados, já tiveram o privilégio de espiar: bunda redonda, mas de homem, marca de sol, penugem dourada. Pernas grossas, panturrilhas bem torneadas. Ombros largos, deltoides moldados no polo aquático, a Verô foi quem disse, toda saltitante, tão logo percebeu nosso descontrole diante de sua *farta* e, por isso mesmo, irresistível *aquisição*. Bíceps e tríceps dignos de uma aula de anatomia. Invejo a espuma que vai revestindo de forma sádica todos os contornos daquele monumento. Pronto, é o meu fim! Sinto que fui capturado por esse Narciso libidinoso cujo balé de músculos sob a pele me enfeitiça. Ajoelho-me em êxtase, assim como sempre acontece comigo nos altares, quando sou arrebatado pela beleza de algum anjo mais libertino. Suave nevoeiro vem me abraçar, solidário. E vou permitindo que o calor e o perfume do banho dele inebriem, amansem meus totens hereditários e religiosos. Não sei o que me dá; de pau duro, *poeto*, invento coisas, divago, saio de mim.

Mais água no vidro do boxe e André vira de frente. Pau carnudo, glande protegida, pele sobrando... Do jeito que eu gosto, pra poder enfiar fundo minha língua desbravadora, atrevida. Veias pulsando, azuis, um cacete nobre. Começa a alisar as bolas... e o mastro vai empinando. Oh, punheta ansiada! Clamo e ela vem! E pra mim! Morram de inveja, bichas secas de imaginação, mas é só pra mim que ele se exibe! Dedos firmes, experientes. Deuses também se masturbam, penso... metendo a mão por dentro do pijama. Tesão demais faz minha vara babar. Apanho o short dele, esquecido sobre a cama. Fera demarcando território, enxugo a cabeça do meu pau.

Volto do transe... e voo para o banheiro do corredor. Ducha fria na nuca, dizem que acalma. Besteira! Se não tocar uma punhe-

ta, desencarno. E bato uma bem violenta... Primeiro de olhos fechados, revisitando cada milímetro da pele dele. Então abro os olhos e, num misto de perplexidade e encantamento, vejo as primeiras gotas de esperma saltarem da ponta do pau do major e deslizarem viscosas pelo lado de fora do meu boxe. Finalmente, o sacana desceu do pedestal e veio me ofertar seu leite. Também lhe ofereço o meu. Gozamos juntos, nossas porras querendo derreter o vidro. E é aqui que a porta que nos separa começa a deslizar...

ENCONTRO NA CHUVA

Para *Marina Lima*

Era vício. Dava meia-noite, eu me enfiava na boate. Ficava de pileque. Saía arrasado. Envelhecer é colecionar frustrações, concluí, rasgando a boca num bocejo de tédio e ajeitando as costas nas escadarias do metrô República. As grades ainda estavam fechadas.

— Tem um cigarro?

Levei um susto.

— Perguntei se você tem um cigarro — insistiu o velhote.

Ah, a vontade era de despejar no cretino toda a raiva! Não dele exatamente, mas dessas luzes penduradas nas marquises, jogando na minha cara que era Natal, noite de repartir, sabe-se lá com quem, uma ternura que eu já não tinha. Logo nas primeiras rugas, decidi bancar o carrasco, na ilusão de que a frieza ia me salvar do vexame de envelhecer pelos cantos, trocando as pernas, mendigando afeto.

— Merda! — disse, ao ver que o coroa estava vestido de Papai Noel.

Que ridículo! Possesso, atirei o maço no peito dele, como se fosse uma faca.

— Só quero um, filho — disse o velhote, embargado.

Meu coração apertou. E senti muita vontade de pedir desculpas. Quis mover os lábios, mas tive medo de descobrir que, além de rabugento, também me tornara mudo. Foi então que o velhote acendeu um cigarro, jogou longe o maço e, antes de dar a primeira tragada, avisou:

— É melhor ficar longe da tentação. Sabe como é, a idade vem feito um trator pra cima da gente, a morte no volante.

Em seguida, talvez atraído pelos cartazes de sexo acrobático ou pela certeza de um gozo mecânico – e, por isso mesmo, sem grandes traumas –, cruzou a Ipiranga, saltitante, e desapareceu nas cortinas do Cine República.

— Velho sacana — eu falei sonhando.

— Nem tão velho, nem tão sacana — o garoto rebateu.

Acordei num pulo. Chovia.

— Calma — ele pediu, segurando firme minha mão. — Prazer. Pode me chamar de Beto. Não gosto, mas você pode.

Beleza demais é tombo certo, disse a mim mesmo. Recuei um pouco.

— Lá na boate — emendou —, fiquei a noite inteira tentando chamar sua atenção. Desisti. Fui embora. Mas vi que você correu pra cá, fugindo da chuva. Criei coragem e vim perguntar se não queria dar um tempo comigo lá no carro. Quando cheguei aqui, você já ressonava. Parecia tão cansado. Sentei e fiquei quietinho, esperando. Não tenho pressa.

— De esperar?

— Por você?

Eu não sabia o que dizer.

— Fiz mal? — perguntou.

— Em esperar por mim?

— É proibido?

Os dedos dele foram se encaixando nos meus. Fechei os olhos. E o beijo veio morno, mentolado, antigo. Nessa hora, lembrei dos labirintos do sexo com suas trepadas de bandejão. São Paulo é uma imensa cama vazia. O remédio é andar com o freio de mão puxado. Não se empolgar demais com nada. Mas, por Deus, quem é que sabe como escapar do amor? Então, num deboche de mim mesmo, ri alto e fui abraçando com força o belo cafajeste – ou o que fosse aquele adorável intruso; isso já não tinha a menor importância.

Corremos de mãos dadas até o carro. Se não tivesse acontecido comigo, eu diria que era uma cena deprimente: dois bobos valsando na chuva. Ah, pro inferno! Isso também já não importava.

Tão excitante quanto um ir descobrindo a nudez do outro foi perceber que, ao menos nas carícias, já éramos cúmplices. Nossas línguas subiram e desceram sem parar até de manhãzinha. Mas ficamos nisso. Dispensamos o gozo. Seria óbvio demais.

"Feliz Natal, velho idiota", eu disse a mim mesmo em pensamento, após encarar sem tanto medo minhas rugas no retrovisor, aumentar o volume do rádio e acreditar de novo em tudo, exceto na equivocada amargura dos meus quase 70 anos.

E foi nesse momento que o garoto, mais lindo e iluminado do que já era, resmungou de sono e se aninhou nos pelos grisalhos do meu peito. Dormimos nus e abraçados em plena avenida. Que se danasse o mundo!

Vá! Sequestre tudo num dia
Será que um dia vicia?
*Mas depois devolva tudo onde eu possa achar**

* "O solo da paixão", Marina Lima/Antônio Cícero.

AS MÁSCARAS

Ano de 2005 começando, e, para variar, eu já estava duro, angustiado, sem inspiração e, pior, em dívida com meu editor. Pouco antes da meia-noite, criei coragem, vesti jeans, regata, tênis e fui à caça de uma história para um novo conto. Eu sabia que era só dar uma circulada pelo Centro, anotar um gesto ou um diálogo. E depois juntar tudo no Word. No fundo, minha ficção é uma colcha produzida com retalhos de histórias que recolho por aí, entre um trago e outro.

Na Vieira de Carvalho, bares engoliam e despejavam multidões eufóricas. Em segundos, meus bolsos ficaram estufados de convites para cinemas, boates, saunas. Mas cadê ânimo para me enfiar de novo nesses lugares? A noite é ciumenta, reconhece e protege apenas os mais assíduos. Não, não havia mais espaço para um ermitão egoísta que nem eu.

Entediado, joguei fora toda aquela papelada e fui saindo. Alguns passos depois, porém, mudei de ideia: voltei, meti a mão no lixo e, como quem sorteia um brinde raro, puxei o *flyer* de um inferninho recém-inaugurado no Largo do Arouche, onde estava rolando uma homenagem a um badalado galã das telenovelas. Detalhe: a bicha havia exigido que todos usassem máscaras de carnaval. Apenas ela poderia rebolar de cara limpa e, sabe Deus como, enfiada numa microssunga de lamê dourado.

Paguei a entrada, recebi minha máscara e fui direto ao bar. Pedi cerveja, a mais barata, mas me entregaram um copo cheio de conhaque. Bebi de um só trago e, antes que descobrissem o engano, dei o fora dali.

A pista estava lotada. Em cima de um palco improvisado, bêbada e uivando feito uma loba velha no último cio, a famosa *vedete* televisiva rebolava, protegida por três brutamontes carrancudos. De perto, o ator era um susto! Botox demais dá nisso, pensei. Ele é quem devia estar mascarado... ou de burca! Sem dúvida, a fama opera milagres. O Photoshop, mais ainda.

E não é que um dos acompanhantes da maricona resolveu cismar comigo! De repente, começou a mover os quadris e a apalpar o sexo, enfiando as mãos no short de náilon quase transparente. Bastante excitado, ele pulou lá de cima e veio sorrindo na minha direção. Tentei fugir; não consegui. Quando dei por mim, já nos esfregávamos no *dark room*. Aí, não vi mais nada. Apenas senti minha braguilha abrir e meu pau inchar nos lábios daquele mascarado que sabia mesmo como enlouquecer um cara. Percebendo que eu ia gozar, ele se levantou para pedir meu dedo:

— Cospe bem e põe...

Gelei. Por um instante a voz dele me soou familiar. Bobagem, disse a mim mesmo, e obedeci. Primeiro um, depois dois, três dedos, quase a mão inteira. E foi aí que, de repente, quando estávamos quase gozando, alguém acendeu um isqueiro: era o loiro da tevê, bufando de ódio.

— Idiota! — berrou o canastrão, dando um tabefe no fulano.

A máscara do michê voou longe. E o ator foi embora, vingado e levando embora a luz. Quanto a mim... Bem, eu estava perplexo. Principalmente por ter reconhecido que aquele musculoso era o cara com quem dividi o beliche no alojamento do quartel, há

muitos anos, lá no Sul, durante o serviço militar obrigatório.

— Esperei tanto por isso — ele disse no escuro.

— Mas como você sabia que era eu?

— Pela cicatriz no ombro. Nunca esqueci aquele baita tombo que levaste no treinamento. Pensei que ias morrer de tanta febre. Não deixei ninguém chegar perto. Só eu trocava o curativo. Só eu te dava banho. Só eu podia tocar em ti, só eu.

— Por que você nunca me disse nada, Lucas?

— Marcos — ele corrigiu desapontado —, meu nome é Marcos!

E não disse mais nada. Colocou outra vez a máscara. Retornou ao tablado. Quanto a mim, fui até o balcão e, depois de contar as últimas moedas, pedi uma dose bem caprichada de conhaque caro. Mas me deram cerveja vagabunda.

ESTAÇÕES

Nasceram na mesma noite e vizinhos. Fizeram juntos o *bar mitzvá*. Noivaram e casaram com gêmeas no mesmo dia chuvoso e na mesma sinagoga. Um foi pai de gêmeos na primavera; o outro, de Sara, que veio logo depois, no verão. Ficaram grisalhos no mesmo outono. Assinaram o divórcio no mesmo inverno. Aposentados, venderam tudo que construíram em sociedade durante anos e foram viver numa casa modesta em uma praia quase deserta, onde, no *Pessach*, minutos antes de comerem o *matzá*, os dois ainda costumam entrar de mãos dadas no mar.

O MACHÃO

Encostados na porta da padaria do Largo do Arouche, os dois trocavam olhares e improvisavam sorrisos. Um deles exalava virilidade e juventude; o outro tinha toda aquela lábia monástica e a carteira bem recheada.

Acertaram os últimos detalhes e foram caminhando tesudos em direção a um manjado motel de esquina na Amaral Gurgel.

Por razões óbvias, apenas o mais moço se identificou na recepção. Subiram. No quarto: luz difusa de um abajur improvisado com uma fronha vermelha, toalhas ásperas, vídeos eróticos, música ambiente, ópera de gemidos transpondo paredes rabiscadas. Em segundos, jeans puídos, correntes, camisetas e coturnos enlameados já estampavam o piso. O mais velho, acomodando-se de bruços, olhou e teve a vaga impressão de estar levitando sobre um daqueles trajetos forrados com elementos coloridos onde cer-

tas procissões costumam deslizar. A cama era o andor.

— E se doer? — disse, ao mesmo tempo maravilhado e receoso.

— Tá debutando? — o outro retrucou.

— Algum problema?

— Pra mim, tanto faz.

— E você, já fez isso antes?

— Comer?

— Dar.

— Só uma vez. Aposta de moleque. Perdi.

— Perdeu ou quis perder?

— Tá me tirando, é?

— E depois não quis mais?

— Que papo mais besta, cara!

— Tô curioso.

— Tá bom. Às vezes, acordo com vontade.

— E aí?

— Aí, eu me enfio na academia. Malho que nem um condenado. Esqueço.

— Esquecer por quê?

— Se fizer de novo, talvez eu me vicie.

— E daí?

— Acontece que não é fácil arranjar quem saiba fazer gostoso, sem dor.

— Se você quiser, posso tentar.

— Qual é, padreco, tá me gozando?

— Hei, calma, garotão!

— Sou macho, tá entendendo?

— É melhor que seja mesmo, detesto ser enganado.

— Desculpe, é que teu pau parece um braço.

— Lubrifico bem.

— Não sei, cara.

— Se você não aguentar eu paro.

— Mas só com camisinha.

— Isso nem se discute, mocinho.

— E vai precisar de uma bem grande, porque...

— Já sei, pareço um cavalo.

— Tem mais uma coisa.

— O quê?

— O preço vai aumentar.

— Pago o dobro.

— E se eu sentir dor?

— Aí você ganha o triplo.

— Mas vou querer a grana primeiro.

— Adiantado, só o dobro. A outra parte fica pra depois do grito.

— Passa a grana, vai.

— Só tenho moedas de um e notas de cinco. Sabe como é, as missas andam fracas. Só aparece pobre e desempregado. Mas pode conferir. Eu espero.

— Não precisa, vou confiar.

— Espera um pouco, rapaz.
— O que foi?
— E se você não gritar?
— Claro que vou gritar, tá pensando o quê? Sou espada!
— Tudo bem, mas eu pego o dinheiro de volta se você não gritar.
— Todinho?
— É justo, não?
— Tá bom, mete bronca!
— Relaxa!
— Mais rápido!
— Assim acabo gozando!
— Agora mete fundo, vai!
— Não tem mais, já foi tudo.
— O quê?
— Anda, pilantra, devolve o dinheiro da paróquia ou eu te excomungo!

A ESPERA

Para *Sergio Keuchgerian*

I

No final da adolescência, ele ainda queria muito ser poeta, achava bonito viver enredado em amores, palavras, versos. Porém acabou se transformando em pintor de retratos desbotados e paisagens surreais. Início de maio: naquela tarde o destino dele começou a mudar. Arthur aproveitou o recreio para fugir do colégio. Foi até o porto. E se pôs a fazer o esboço de um imponente navio de guerra americano. Não demorou muito, surgiu um homem de pouco mais de 30 anos, alto, forte, levemente bronzeado, voz grave, mãos enormes, nariz adunco, queixo com furinho no meio, ombros largos e pênis carnudo bem marcado no pano da calça de linho claro, fino, quase transparente. Disse que era pintor profissional e elogiou o desenho dele... Antes de ir embora, enfiou

a mão no bolso e lhe entregou um cartão:
ateliê-não-sei-das-quantas, lá pros lados dos
Arcos da Lapa.

II

Na semana seguinte, Arthur foi até o estúdio, que ficava nos fundos do Albatroz, um bordel de viúvas mascaradas disfarçado de confeitaria chique. Ao abrir a porta e deparar com o garoto, o pintor quase teve um troço; não acreditava que ele estivesse de fato ali, ainda tão verde de tudo, mas já bem assanhado...

— Você é batuta mesmo!

— Medo é coisa de bocó — Arthur disse, enquanto abria com os dentes os botões da braguilha do pintor.

O homem ficou assustado no começo. Afinal, era a primeira vez que alguém o atacava daquele jeito e engolia sua vara com tamanha destreza. Na época, pouquíssimas mulheres faziam isso, mesmo assim sentiam calafrios, suadores, náuseas. No máximo, rápidas lambidas na ponta ou beijinhos no escuro, de olhos fechados e fazendo cara de nojo.

— Tua boca ainda me mata! — ele berrava, disparando vigorosos e adocicados jatos

de esperma na boca de Arthur, que engolia até a última gota... e pedia mais.

Enciumado, quis saber onde e com quem o garoto tinha aprendido tudo aquilo. Foi então que, para deixar o pintor furioso, o sacaninha passou a inventar orgias nos becos escuros da Cinelândia e nos porões menos vigiados do Catete. Quanto mais ele inventava, mais o homem enlouquecia de amor por ele.

— Esta espada é para te proteger — o pintor falou apaixonado e amarrando em volta do pescoço do amante uma gargantilha de couro. — Mata, morre por ela, mas não tira.

III

E assim, durante um ano, todas as tardes depois do colégio e com a desculpa de fazer aulas de pintura, Arthur correu para o ateliê, ansioso... Bem que eles tentavam se concentrar nos pincéis e nas tintas, mas o tesão não deixava. Um já não sabia mais viver desgrudado do outro. Bastava roçar de leve o braço, a mão, um fio de cabelo, que o fogo tomava conta deles, da cama, do mundo. E era tão bom sentir aquilo pelo pintor que Arthur queria que durasse para sempre.

Entretanto, numa noite de blecaute, e já bastante desconfiado das visitas secretas de um tal mecenas – que, aliás, surgiu de repente na vida do pintor –, Arthur ficou espiando de longe, na calçada em frente, atrás de um jipe do Exército. Às dez horas em ponto, um sujeito fardado pulou o muro do Albatroz e entrou escondido no estúdio.

Louco para flagrar os dois safados na cama, o garoto atravessou a rua, chutou o portão e começou a esmurrar as paredes. Antes que ele esmigalhasse os ossos dos dedos, o almirante – pai de Arthur! –, de pau duro na calça branca e sem camisa, abriu a porta e o encarou vencido. Voltaram juntos para casa. Jamais tocaram no assunto.

IV

Meses depois, ao atingir a maioridade, Arthur fez as malas e correu até o ateliê, disposto a perdoar a traição do pintor.

— Ele largou tudo aí, filho, e foi se alistar na Marinha — disse Jandira, a anã cafetina que, por alguns trocados, era cúmplice deles. — O Vargas vai mandar mesmo nossos meninos lá pra Itália! Que velho louco, Oxaguiã! *Exê ê! Baba Exê ê!*

V

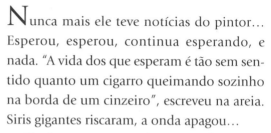

Nunca mais ele teve notícias do pintor... Esperou, esperou, continua esperando, e nada. "A vida dos que esperam é tão sem sentido quanto um cigarro queimando sozinho na borda de um cinzeiro", escreveu na areia. Siris gigantes riscaram, a onda apagou...

Em homenagem ao pintor, mandou tatuar no braço uma âncora em forma de bracelete. Antes de dormir, ele acaricia o fio da espada que nunca tirou do pescoço e roga a Ogum para despertar seu amado do encanto das águas e trazê-lo de volta para baixo de suas cobertas.

VI

Ontem, por coincidência, Arthur encontrou no Aterro do Flamengo um jovem marujo que tentava retratar o pôr-do-sol num restinho de cartolina amassada. Depois de elogiar o desenho, pediu que o rapazote viesse visitá-lo em seu ateliê. E o sacaninha, assim como tantos outros iguais a ele, mentiu que viria hoje. Não veio. De uns tempos para cá, deixaram de vir; são jovens demais, as rugas e a certeza da morte os afugenta.

Tudo bem, Arthur já não sabe mesmo como viver sem essas esperas. Mal acaba uma arranja logo outra. E outras. Esperar deixa o coração dele manso, a vida menos cinzenta.

VII

Amanhã, em um novo tributo a esses belos e impostores marinheiros que ao menos conseguiram empolgá-lo nestas quase nove décadas de espera, Arthur ajeitará os óculos para encarar o infinito, e, num pedaço de papel respingado de café, registrará uma praia deserta, navios que nunca chegam, gaivotas voando em círculos e um sol enorme que ilumina ondas pontilhadas com nanquim. Mais um desenho que ele vai enfiar numa garrafa vazia de conhaque e atirar no mar...

DOIS NO ESCURO

Para! Fica aí! E não me toca! Prefiro que permaneças assim, bem longe. Intimidade demais mata qualquer desejo. Também não abre a boca. Apenas me escuta. Ora, se eu fosse um macho qualquer, se gostasse de sexo comum, nunca teria arranjado um amante pelo jornal. Hoje tudo está diferente do meu tempo, qualquer um monta em qualquer um, e de graça. Mas é que, escondido, prefiro correr na contramão. Marquei este encontro por isso. E não te dês o trabalho de ficar pensando naquilo que tu nunca saberás de mim. É inútil. Sabes, sou antigo e devoto de São Tomé. Não era, mas fiquei escaldado aos poucos. Sim, porque vocês são traiçoeiros demais, vendem gato por lebre nesses anúncios. Tira a roupa, quero conferir o resto, se é que tens *o resto*! Isso mesmo que escutaste! Detesto que me toquem, mas adoro ver corpos jovens despidos. Não, já não me excito como antes. É mania, virei colecionador de *stripteases*. Não! Já disse, não tenta te aproximar de mim, nem me tocar! Eu me satisfaço em ficar olhando. Olhando, entendeu? Só olhando! E acende a luz do banheiro. Apaga a do quarto. É preciso começar sempre na penumbra. Depois apagaremos tudo, mas as janelas devem permanecer abertas para que o néon que vem lá de fora inunde o quarto e nos banhe com a luz vermelha e abençoada das casas das chinas... Que foi? Olhaste para a porta, por quê? Tens medo de mim? Achas que enlouqueci com meia-dúzia de tragos? Que não digo coisa com coisa? Vai, relaxa; quero arrancar de ti apenas tuas roupas e uma lasca bem fina dessa tua juventude indecente. Opa! Ficaste mais bonito pelado! Vês como sou manso? Bem que eu gostaria, mas não consigo ser perigoso. Agora, começa o teu show! Que aconteceu? Pensas que vou ficar só nisso? Que a velhice me pegou na curva? Que viver no mato acabou com as minhas vontades antes da hora? Que me contento apenas com a compaixão que tu queres que eu acredite que tens por mim? Erraste feio, *tchê*! Endurece a vara e toca punheta olhando no meu olho, pensando em mim e gritando bem alto que queres

meu mastro dentro de ti, fincado até as bolas! E que serás todinho meu enquanto eu quiser! Sim, todas essas mentiras que a gente inventa quando quer muito fazer o outro de besta! Mas não te apures. Enchi de dinheiro tua cueca rasgada, e foi pela noite inteira, não foi? Sem pechinchar, desembolsei o que tu achas que vale, até o último centavo. Faz, então, o que eu mandar, e só o que eu mandar. Afinal, sabes que o mundo é dos mais obedientes, dos mais conformados, dos que se vendem mais depressa... Percebes como este quarto escuro nos torna infinitamente mais soltos? Mas é pura ilusão; nossos corpos ainda estão aqui, fazem parte destas trevas que invento às vezes para domar o cavalo chucro que me coiceia por dentro e me atira nestes buracos escondidos no meio da noite. Nos libertamos temporariamente das nossas amarras, abrimos nossas porteiras... É como se nossa alma se desgrudasse da carne e agora, bailando nesta escuridão lambida de vermelho, gozasse o cio feroz dos que foram capazes de mergulhar nas tripas do próprio desejo. Ri, podes debochar de mim... Poeta eu? E por que não? Puto velho enrustido, trovador sem rima, apenas rabisco palavras e versos inúteis para diluir a vontade de viver uma vida que não tive coragem de levar adiante, bem lá atrás, quando ainda dava tempo de me salvar deste abismo de medos, frustrações, borracheiras, fodas de aluguel. Muito prazer, rapaz, sou de Áries, com ascendente em Gêmeos e lua em Capricórnio. Filho de Iansã. Meu anjo da guarda, Haziel. Antes de meu pai morrer e me deixar de herança esta vida de espora atolada na bosta de vaca, com mulher infeliz e filhos paridos com asco, li bastante, estudei muita coisa por este mundo afora. Mais por curiosidade do que por fé, me hospedei em mosteiros medievais e trilhei entediado o tal caminho de Santiago. Aprendi a ler o futuro no fundo da cuia do meu chimarrão... O passado, nas minhas garrafas vazias de canha. E tu? Aposto que és de Sagitário! Mas e o ascendente? E a lua? Não sabes? Não te interessam essas bobagens? Ou, como eu, também já aprendeste a duvidar de tudo? Escuta, guri, faz o que eu faço lá fora deste quarto: finge que és o que eles esperam que tu sejas! Ou manda tudo à merda, faz (por ti e por mim) o que eu não fiz. Vem, vem para perto! Mas não me toca! O calor do outro me basta! Só o calor! E este escuro a nos proteger... *per cuncta semper sæcula! Amen!*

PORTA-RETRATOS

Ali, em cima do velho e esquecido piano, afundado entre restos de pizza, recortes de jornal, cinzeiros transbordando, papelotes de cocaína e copo de uísque manchado de batom, minha última foto em família. Nela, da esquerda para a direta: pai, mãe, o caçula e eu. O pai, cego de tanta fé, achava que era castigo de Deus, coisa do diabo um menino achar que podia ser menina. A mãe não parava de chorar. E o mano olhava assustado para o sangue que escorria das pérolas dos brincos que o pai espetou à força nas minhas orelhas ao me flagrar provando o vestido de noiva da mãe. Roubei o negativo. Fugi naquela mesma noite. Nunca mais voltei. Nem parei de fugir. Dos outros. De mim.

O VAZIO E AS SOMBRAS

Eu ainda não tinha 10 anos e morava em Caxias, interior do Rio Grande do Sul, quando brinquei pela primeira e última vez de médico com meu primo, quase dois anos mais velho... No momento em que explorávamos timidamente nossas braguilhas, minha mãe escancarou a porta do quarto aos berros. Apanhei tanto que a dor e o susto nunca mais me largaram. Até hoje tenho pesadelos com as pragas, os gritos e os murros na cara que levei sem poder me defender.

Depois disso, ela esfriou comigo. Nunca mais veio ao meu quarto para me contar

histórias, nem para dar o tradicional beijo de boa-noite na minha testa. A um só tempo crescia nos olhos dela uma sombra de ódio, desgosto e medo. Os gestos se tornaram secos, mecânicos. A voz rasgava o ar e invadia a minha alma como se fossem dardos radioativos, punhais incandescentes, setas envenenadas.

Cresci sem saber o que eu havia feito de tão tenebroso assim, capaz de ter despertado tamanha fúria naquela mulher, aparentemente inofensiva. Vivíamos como duas víboras famintas trancafiadas no mesmo covil.

Quando completei 18 anos, ela assinou minha emancipação e, sem rodeios, disse para eu seguir meu rumo, que tratasse de esquecer aquele endereço, ela, parentes, todo o resto.

Dias depois, bem cedinho, recebi em dinheiro minha parte da suposta herança deixada pelo meu pai. Fiz as malas. E me mandei para a capital.

Aluguei um quarto num hotel barato perto da rodoviária. No meio das minhas coisas, encontrei um pacote com retratos antigos e um bilhete. Nas fotos, um homem elegante, de corpo esguio e rosto com traços muito delicados, quase femininos. No bilhete:

Não quero que te falte nada, Ana. Antes de partir, transferi todos os bens para o teu nome. Não me queiras mal. Sabes mais do que ninguém que tentei com todas as forças abafar essa minha atração por outros iguais a mim. Mas é inútil lutar contra as bússolas que norteiam nosso desejo. Também não posso, nem quero, viver acuado, escondido... Mereço um novo recomeço. Preciso tentar ser feliz do meu jeito. E se o guri perguntar por mim, inventa que a morte veio e me pegou de repente num incêndio, não sobrou nada...

Rasguei o bilhete. Risquei um fósforo no escuro. Enchi de sombras dançarinas o que antes era apenas o vazio. Virei de lado. E fui adormecendo aos poucos...

NOTAS DE ALCOVA

Sexta-feira. E logo na primeira noite de verão o céu desabou de repente. Tormentas me assustam desde moleque, quando eu ainda podia correr para a cama dos meus velhos e ficar aninhado nas cobertas, protegido, como eles diziam, "da fúria dos anjos".

Desci imediatamente as persianas. Foi pior. Relâmpagos se infiltravam no quarto pelas frestas. Trovões estremeciam as janelas. Um horror!

Mas, no fundo, a solidão me apavorava mais que o temporal. Fazia dois meses que eu tinha terminado pela quarta vez um relacionamento de vários anos. O motivo foi o de sempre: eu morria de ciúmes dele, via traição em tudo! Agora, sem os vestígios do meu amado, nosso apartamento foi se tornando imenso e triste. Só me restava a saudade – e também esse medo absurdo de permanecer no escuro, catalogando o vazio.

Saí porta afora. Precisava de uma transa de emergência. Sem muito esforço, fisguei um *barman* croata de tirar o fôlego. Ele me olhou e sorriu. Devolvi o sorriso. O bar fechou. Saímos no carro dele. "Conheço um lugar diferente", ele disse. Excitado, topei. O fulano avisou: "É surpresa!" "Melhor que seja mesmo", rebati. E deixei que me vendasse.

Partimos. A tempestade cada vez mais violenta lá fora. Buracos. Ruídos de estrada de terra. Pneus derrapando nos pedregulhos. Chegamos.

Quando ele retirou a venda dos meus olhos, deparei com um quarto minúsculo, sem janelas, paredes pintadas de um vermelho intenso, quase roxo. Velas coloridas e suavemente perfumadas queimavam em volta de uma cama turca. Pensei, fascinado: "Vou trepar com um vampiro!"

Como sempre nessas horas, fui o primeiro a tirar as roupas. Então virei de frente e o encarei. Quis abraçá-lo. Pressentindo o toque, ele recuou. Foi para um canto. Ficou ali, me olhando sem se mover. Fechei os olhos. Empinei a vara. E comecei a dançar comigo mesmo. Não demorou nada, ele veio se rebolando todo, mão direita enfiada na braguilha, cabeça do pau espremida no elástico da cueca.

Tesudos e imantados, dançamos nossa música inventada na penumbra. Mergulhamos no colchão. Gesticulei, e ele se deitou em cima de mim. Aproveitei para acariciá-lo. Meus dedos percorriam seus músculos, como se, durante um incêndio, eu fosse obrigado a investigar em minúcias os relevos de uma escultura feita com bolhas de sabão. E, no final, pudesse concluir apenas o óbvio: que peito, pernas, bunda, enfim, tudo naquele homem era assombrosamente exato e me viciava.

Pedi, e ele me amordaçou. Depois, prendeu meus punhos e tornozelos. Deixei que me penetrasse. Antes, eu não gostava. Sentia muita dor, quase nenhum prazer. Porém o belo carrasco conhecia as preliminares, e me virou do avesso. Tanto que gozei sem me tocar.

Gozamos juntos, aos berros. "Você é um cara incrível", ele disse. E eu, coração saltando pela boca, fingi que acreditei. Cochilamos por alguns minutos. Nos vestimos. E fomos embora sem revelar nomes, e-mails, nada. Voltei do mesmo jeito: encolhido no banco de trás e com os olhos vendados.

Na manhã seguinte, bem cedinho, o telefone tocou. Atendi. Era o meu *ex*, querendo uma nova chance. Reatamos, claro... Porém livres das neuras de antes, mais abertos e menos inseguros em relação ao que sentíamos um pelo outro.

Hoje, por exemplo, deixei que ele me levasse a um lugar exótico na Serra da Cantareira. Um casarão imponente erguido no meio do mato. Uma espécie de motel para *voyeurs*. Em uma das paredes do nosso quarto havia pequenos buracos. Do outro lado, numa alcova de cor púrpura, dois musculosos seminus e encapuzados chicoteavam um terceiro, algemado em cima de uma cama turca. Em volta deles, dezenas de velas coloridas e perfumadas...

OLÉ!

Para *Cláudia Wonder*

Música de fundo, foco de luz em suave resistência, tudo muito teatral: a baronesa Dubois surge deslumbrante na porta de vidro do salão de embarque, inclinando a cabeça para reverenciar a multidão, que finge ignorá-la. Ao andar, parece uma imensa marionete de porcelana, cujos gestos e expressões são produzidos pelos dedos invisíveis de um anjo tão obstinado quanto ela. Altiva e há décadas imune às injúrias, interrompe por alguns segundos sua entrada triunfal, sorri e flutua em minha direção, crepitando os babados de um vestido preto de musselina com pequenos laços de cetim e delicadas espirais de miçanga. Sem dúvida, é uma figura hipnótica. Exibe seu passado de bacanais mirabolantes como se fosse um troféu, a mais alta condecoração, uma auréola de santa sobre os cabelos impecavelmente grisalhos.

— A idade me franziu de rugas crivadas de diamantes — ela declara absorta.

Respira fundo. Acrescenta:

— Mas é claro que todo brilho excessivo tem um preço alto: a gente vira bode expiatório, causa inveja, irrita.

Caneta-papel-início-da-entrevista: verão de 1932. "Ela" ainda era "ele", e filho único de uma tradicional família exportadora de café.

— Meus pais me mandaram concluir os estudos na França. Nas férias, cruzei a fronteira e fui a Madri assistir a uma tourada. Queria ver se o espetáculo era tão bárbaro quanto diziam.

Quando o imponente toureiro entrou na arena, foi como se o mundo parasse de repente. *Olé!*, gritava o público, atiçando aquele absurdo balé de poeira-sangue-testosterona. Na plateia, ainda virgem e ignorando essa sua queda por grandes volumes moldados nos panos, o rapazote teve uma ereção ao notar que, antes da estocada final no coração da fera, o toureiro também estava excitado. Mãos enfiadas nos bolsos do casaco, a futura baronesa gozou pela primeira vez, estremecendo em silêncio no meio da multidão. Em seguida, selou com esperma as pétalas de uma rosa vermelha e a lançou

aos pés do matador, que imediatamente ajoelhou-pegou-cheirou-lambeu demoradamente a flor.

Por mais de uma semana, os dois viveram de vinho tinto e orgasmos. Na penumbra, o estudante venerava o majestoso cacete do namorado. Ordenhava-o com os lábios até sentir na garganta o esguicho morno, agridoce.

— Mas nosso sexo não tinha nada de vulgar, era missa! Comungávamos nossos corpos! E os anjos aplaudiam extasiados!

O rapazote só deixou o hotel depois de receber a terrível notícia: o belo e viril toureiro tinha sido mortalmente espetado por um touro. Daquele dia em diante, "ele" decidiu ser "ela". Comprou vestidos, luvas, chapéus, sapatos e meias de luto. Retornou ao Brasil sem diploma e viúva. Deserdada, abriu um bordel, virou baronesa, puta e cafetina de luxo. Fez nome e fortuna cortejando reis e plebeus do mundo inteiro.

— Para não enlouquecer — explica com a voz trêmula —, escondi minha dor no fundo de uma ostra fosforescente... e joguei meu coração no fundo de um poço guardado por salamandras famintas e sanguinárias.

Agora, aposentada e milionária, ela decidiu retornar a Madri, onde tudo havia começado.

— A solidão é a mais fria das estações do corpo — diz, e logo em seguida completa: — Hoje, porque já faz tempo que desisti de apostar nessa roleta-russa que é o amor, nem pergunto mais o nome do bofe. Deixo que goze mordendo os bicos dos meus seios. Às vezes, eu banco a louca e gozo junto.

E aqui, jogando um beijo perfumado, dá por encerrada a entrevista. De costas, acena e vai diminuindo lentamente no estreito corredor espelhado. No cais, um tapete vermelho a conduz às escadarias do transatlântico que a levará à Europa... e para o esquecimento.

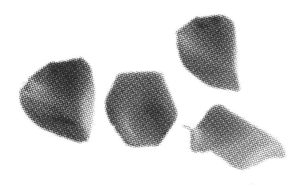

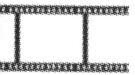 ALMODÓVAR

I

Bem lá no fundo, eu não acreditava (ou não queria acreditar) que dois homens pudessem se amar de verdade, ter uma vida normal a dois, sentir saudades um do outro, essas coisas que aparecem nos livros e nos filmes açucarados. Mas confesso que fiquei com um nó na garganta ao ver aqueles dois rapazes tão perdidamente apaixonados na última cena do novo filme de Almodóvar. Meu vício secreto: gostar de melodramas com finais felizes. "Ninguém é perfeito aos 20 anos", pensei, fugindo da sala de projeção antes que acendessem as luzes. Confuso e bastante assustado por ter me *descoberto*, sei lá, tão frágil, desisti de ir para a já tradicional balada de fim de semana com a galera. Engoli metade do meu último *ecstasy*. Voltei mais cedo para casa.

II

Morávamos há muitos anos em um sobrado confortável perto da Rua Augusta. Representante comercial, minha mãe viajava regularmente a trabalho. Marcelo, meu padrasto, ficava o dia inteiro em frente à tevê, só de cueca, enchendo a cara de cerveja e alisando os pelos dourados do peito. De vez em quando, ele fazia uns bicos imitando Frank Sinatra em puteiros de luxo. Mas não posso reclamar; o coroa não implicava tanto comigo. O problema dele era com o Júlio, meu irmão mais velho. Os dois viviam se estranhando. Até o dia em que Júlio se encheu daquilo, fez a trouxa e saiu de casa. Nossa mãe ficou dividida: de um lado estava o filho predileto; do outro, o garanhão de olhos azuis que a fazia subir pelas paredes todas as noites. Sim, o brutamonte devia ser muito bom de cama. Ao menos um belo *dote* entre as pernas ele tinha. Numa manhã, o sacana deixou de propósito a porta do banheiro entreaberta. Não resisti, espiei. Enquanto Marcelo raspava a barba, sua imensa tromba repousava sobre o mármore da pia, grossa, cheia de veias, uma das maiores que já vi.

III

Por volta da meia-noite, deixei o carro na garagem e entrei em casa. Escutei alguém sussurrando no quarto de minha mãe. Estranho, parecia a voz de Júlio! Subi as escadas, espiei pelo buraco da fechadura e flagrei Marcelo de joelhos, o falo gigante arrastando no carpete e a boca indo e vindo no mastro do meu irmão! Eu, que nunca tinha visto Júlio de pau duro, nem imaginava que ele pudesse ter um cacete daquele tamanho... primeiro levei um susto... mas depois fiquei com tesão.

— Vai, mama bem gostoso na vara do teu enteado! — dizia Júlio, puxando cada vez mais rápido a nuca do padrasto.

Engasgado, Marcelo ergueu a cabeça e o ameaçou:

— Quero que você pare de fazer filmes de sacanagem com aqueles caras e volte imediatamente pra casa, senão vou contar pra sua mãe que...

Júlio pulou em cima dele, enfurecido:

— Contar o quê, idiota? Que a gente já se conhecia e que você só se aproximou da velha e veio pra esta casa porque não sabia mais viver longe de mim?

Ficaram alguns minutos em silêncio, arquejantes. Depois, fizeram um sessenta-e-nove violento...

Não quis ver mais nada; meu coração parecia que ia explodir. Corri até o banheiro para tomar uma ducha...

IV

Minutos depois, desci e encontrei Marcelo sozinho na sala, olhos inchados, tevê ligada, garrafa de cerveja pela metade. Ao me ver, ele enxugou rapidamente as lágrimas, ajeitou o volume do pau e me ofereceu um trago.

— Você viu tudo, não viu?

Não respondi, não precisava. Estendi a mão. Bebi a cerveja no gargalo.

— Às vezes — ele disse, a voz abafada —, essas coisas vêm de repente e nos atropelam...

— Que coisas?

— Você sabe do que eu tô falando, não sabe?

— É, acho que agora eu sei...

Sem dizer mais nada, afundei no sofá ao lado dele. Seus poros ainda exalavam o cheiro da trepada anterior, o perfume do Júlio... e isso me deixou novamente excitado. Enquanto eu bebia, Marcelo foi tateando mi-

nha ereção dentro do pijama. Começou de modo suave pela glande, tronco, bolas, virilha... Em seguida, menos carinhoso e mais tesudo, veio por cima de mim, mordeu com força meus mamilos, lambeu meu umbigo e, depois de cuspir na ponta dos dedos e enfiar a mão direita entre as minhas coxas, começou a me chupar.

Dividimos o resto do *ecstasy*, bebemos e transamos sem parar até o sol nascer. Exaustos, dormimos ali mesmo, no tapete da sala, nus e metralhados por imagens quase mudas. Ao fundo, o som de um empoeirado vinil do Sinatra...

> *All by myself, don't wanna be*
> *All by myself, anymore*
> *All by myself, don't wanna live*
> *All by myself, anymore**

Ah, esse meu lado Almodóvar!

* "All by myself", Carmen/Rachmaninoff.

BEIJO

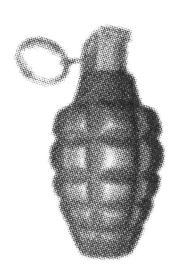

Contam que foi depois de um beijo inocente, porém mal interpretado, que o garoto mais novo acabou fugindo para ser ateu no sul da Espanha; o outro ainda vive escondido nas cavernas de um país distante, punhais e granadas em volta da cintura, metralhadora em punho, perseguindo e sendo perseguido por um único beijo.

DESPEDIDA DE SOLTEIRO

Bonitão e recém-formado, mas sem emprego fixo, cheio de contas atrasadas para pagar e cansado de ouvir piadinhas maliciosas sobre amantes, namoradas e noivas que jamais teve, Jorge resolveu dar em cima de Estela, filha única (e encalhada!) de um dos mais ricos fazendeiros de Goiás. Até aí, nenhuma novidade; ele não seria o primeiro nem o último enrustido a ter um relacionamento de fachada.

Alguns meses depois, o rapaz já estava praticamente acostumado com a ideia de namorar alguém do sexo oposto. Contudo, durante um beijo mais apimentado, a moça enfiou a mão na braguilha dele e por pouco não puxou seu pênis pra fora. No susto, Jorge deixou escapar um berro desafinado:

— Sexo, só casando!

Estela, claro, topou na hora. E não perdeu tempo: comunicou o noivado à família e definiu a data do casamento. Pedro, o futuro sogro milionário, recebeu a notícia com a indiferença de sempre. Ana, ao contrário do marido, explodiu de alegria.

— Sabe, filho — disse ela, não cabendo em si de tanta felicidade, terminando de encher as taças com champanhe francês de primeira e depois de piscar discretamente o olho para a filha —, o enxoval da sua noiva é digno de uma princesa e já está pronto há anos! O seu também, quer dizer, o do noivo. Sem fazer economia, comprei tudo em tamanho único. Afinal, o recheio do pijama é o de menos para uma mulher. O importante é não morrer solteirona!

Embora o rapaz fosse aos poucos se dando conta da besteira que estava prestes a fazer, já era tarde demais para voltar atrás; os convites haviam sido distribuídos e os presentes (aliás, caríssimos!) chegavam a todo instante.

Quando faltava uma semana para a festa, mais exatamente no sábado em que Estela foi à capital com a mãe para fazer os últimos acertos no vestido de noiva, Pedro chamou o futuro genro para uma inusitada partida de tênis na fazenda. Jorge aceitou o convite. E os dois jogaram; quer dizer, Pedro jogava e o rapaz tentava rebater as bolas de qualquer jeito. Um vexame!

— Que tal uma sauna? — sugeriu o fazendeiro, tirando as roupas na frente do rapaz, sem o menor constrangimento.

Ao ver que o velho tinha um corpo esguio, músculos firmes, pernas grossas, bunda lisinha e um pau que ia até a metade da coxa, Jorge não conseguiu se controlar: ficou excitado. Ao perceber o volume cada vez maior na malha do short do rapaz, Pedro deu uma risadinha maliciosa e perguntou se, para *espantar o calor*, ele não gostaria de dar um mergulho na piscina. O outro respondeu que sim.

Após algumas braçadas, Jorge tomou uma ducha e foi para a sauna. Abriu a porta e deparou com o sogro acariciando o pênis endurecido. Assustador o tamanho! Passava, e muito, do umbigo! No começo, o rapaz tentou dissimular, olhou para o teto, pensou nos presentes, na festa, nas fazendas que herdaria...

— Que frescura é essa agora? — disse o coroa, batendo com força a enorme glande na palma da mão. — Vai dizer que não se masturba de vez em quando, e pensando numa boa vara como esta aqui, ó? Vai, tira logo essa toalha e prova que tem potencial pra ser meu único genro.

Quando Jorge desenrolou a toalha, Pedro veio como um touro furioso pra cima dele. Dali em diante, tudo aconteceu muito rápido: preservativo esticado na vara, lubrificante e, em estocadas firmes, o homem quase partiu o futuro genro ao meio. Depois, se pôs de quatro e pediu que o rapaz fizesse o mesmo com ele. Jorge obedeceu prontamente... Ah, como aquilo era bom! Sem dúvida, a melhor despedida de solteiro que um cara feito Jorge poderia ter!

Mas, de repente, a porta da sauna se abriu e, como se fosse uma diaba louca parida pelo vapor, surgiu Ana:

— De novo! — ela berrou para o marido. — Desse jeito, nossa filha vai morrer solteirona!

Em seguida, a mulher olhou feio para o rapaz e, com uma frieza cuja lembrança ainda o deixa arrepiado, ordenou que ele tratasse de esquecer o que havia acontecido ali, vestisse suas roupas e sumisse pra sempre da vida deles.

— Já basta um enrustido na família!

Jorge voltou a pé para casa, sem aliança e moído até os ossos. Seguiu primeiro pelo meio do mato, depois foi indo pela estrada de pedregulhos, na contramão, braços escancarados, olhos mirando o infinito. Queria flutuar ou ter asas de anjo para voar bem alto, por cima das nuvens, chegar pertinho do sol, como acontecia de vez em quando nos sonhos. À medida que ele se afastava da fazenda, tudo por dentro dele ia se encaixando... Sua alma estava menos contrariada, mais serena. Havia um lindo sorriso desenhado em seus lábios e também um brilho diferente no olhar.

CHUVA RALA

Para ser lido de um fôlego só, após um longo gole de conhaque e ao som de Marina Lima cantando "Tempestade".

Outro anúncio gratuito na net: "Escultor cego procura modelo de nu..." *É trote*, penso. Mesmo assim ligo. Horas depois, já estou debruçado na sacada de ferros retorcidos de um antigo apartamento de cobertura. Lá embaixo, a praça: michês na batalha, pivetes encaixotados, executivos no cio, enfim, a República. Volto à sala após um longo bocejo e dou de cara com um homem de quase dois metros, emoldurado por uma estante de livros azuis. Um frio estranho percorre minha coluna. De rosto: o escultor é normal. De corpo: um deus! Sem camisa e descalço, veste apenas um short de algodão muito fino. Sexo sacudindo por dentro do pano, ele vem, aperta minha mão e diz: "Prazer, sou o

Tiago". Invento um nome, e vou logo avisando: "O pagamento é adiantado". Sorriso de lábios carnudos e bengala pontilhando tapetes empoeirados, ele desaparece na imensidão da biblioteca. Retorna com o dinheiro. "Começamos?", indaga. "Você é quem manda", rebato. E Tiago me conduz até o seu ateliê, um cubículo muito abafado, que fica no andar de cima. Antes de apagar a luz, ele explica que prefere trabalhar com os modelos no escuro: "Assim, nossos sentidos se igualam". Continuo calado. Afinal, já posei para vários artistas; mais nenhuma esquisitice me abala. *Arte é mesmo coisa de doido*, concluo, jogando a cueca num canto. Definida a pose, o escultor começa a me esfregar de cima a baixo e a dar forma ao enorme bloco de argila. Fico com nojo e bastante tenso no início, mas vou me soltando aos poucos. Não poder enxergar, apenas sentir minha pele enlameada, a temperatura e o cheiro dos nossos corpos se misturando... Incrível, mas tudo isso vai me enchendo de tesão! Tento me controlar, não consigo: meu pau lateja, vira pedra! Ao escalar com a ponta dos dedos a rigidez da minha vara, Tiago confessa que a umidade da terra também o excita. E deixo que ele vá guiando minha mão até sua tromba. Levo um susto! O pau dele é grande, grosso e muito quente! Tento chupar, mas ele se afasta. "Posso ao menos me aliviar um pouco, cara?", imploro. Ele, voz de carrasco e roçando as bolas nas minhas costas: "Vai fundo!" Eu: "E você?" Ele: "Não preciso disso". Mesmo desconfiado, eu me masturbo. "Me avisa quando for gozar", ele pede, enquanto espreme os meus mamilos e lambe a minha nuca. "Tô gozando", eu grito, e um escaldante jato de esperma salta do pau dele e escorre lentamente nos meus ombros. Ah, dentro e fora de mim, tudo borbulha! E eu gozo tão forte que tenho cãibras. Penso no fiasco, engulo o berro. Espero a dor passar, cato minhas roupas e vou direto para o banho. Antes de ir embora, devolvo o dinheiro: "Quando o trabalho terminar você me paga". Ele indaga se pode me ligar amanhã. Fecho a grade do elevador e respondo mecanicamente com outra pergunta: "Por que não?" Chego em casa exausto. Mas não consigo dormir direito. Madrugada de pesadelos terríveis. As mãos do escultor agitam meu sono. O dia amanhece nublado. Salto da cama e volto ao Centro para sugerir a Tiago que procure outro modelo para finalizar o trabalho. Porque o interfone dele está mudo, começo a socar

o porteiro eletrônico. Um tiozinho abre a porta, e eu: "Preciso muito, muito, muito mesmo falar com o escultor cego que mora na cobertura!" O velho arregala os olhos: "Mas aquele apartamento está vazio há muito tempo, moço, desde que o incêndio destruiu tudo, quase derrubou o prédio..." Tapo os ouvidos e saio correndo na chuva rala. Nisso, por coincidência ou sorte, o celular toca ao mesmo tempo que o relógio de cabeceira desperta, com a Marina cantando baixinho:

Enquanto não durmo
Enquanto te espero
E chove no mundo
Eu não me acostumo não*

Dou um pulo no colchão! O quarto gira! A cama arde! Identifico a chamada: é Tiago! Coração batendo cada vez mais forte, atendo e brinco com ele: "Você é o diabo, sabia?" O escultor: "Nem anjo, nem demônio, apenas mais um cara apaixonado que passou a noite inteira se revirando na cama, de pau duro e querendo muito estar aí com você!"

---

* "Tempestade", Christiaan Oyens/Zélia Duncan.

DE REPENTE...

...nossas línguas se entrelaçaram. E foi bem ali. Entre tantos outros anônimos que caçavam ou eram caçados nos labirintos daquele quarto escuro. Quando me dei conta, já estava deitado em cima dele. Quando ele se deu conta, já estava deitado de bruços e se abrindo para mim. Depois disso, só me lembro do gosto doce-salgado que vertia de sua nuca. E dos gemidos que ele deixava escapar conforme o calor e a pulsação de minha glande abriam caminho e amansavam seu esfíncter. Mãos trêmulas e desconhecidas nos apalpavam. Tentamos recuar. Não adiantou. Furiosos e ciumentos, os vultos nos chicoteavam com seus falos enormes e endurecidos. Lambi-chupei alguns. Ele, outros. E novos carrascos pauzudos faziam fila. Mais por compulsão do que desejo, todas as varas foram recebidas e ordenhadas. Em segundos, já éramos um emaranhado de membros e músculos contorcidos em cima de um colchão melado de suor. Saciados. Alguns mais, outros menos. Os vultos. Do mesmo jeito que vieram. Foram saindo. Ainda engatados, permanecemos em silêncio. Eu quis falar. Cheguei até a mover. De leve. Os lábios. Mas não conseguia me lembrar do som das palavras. E acho que ele também desejava muito dizer algo bonito, mas... Enfim. Talvez quiséssemos admitir que, na verdade, poderíamos estar em outro lugar. Longe ou perto dali. Mas sozinhos. E ainda de mãos dadas. Ora, por que não? Visto de fora, o amor é meio cafona mesmo. Cheio de falsas promessas. Dores. Clichês. E daí? Talvez um pouco de vinho tinto servido em um único cálice. Música bem suave fazendo a trilha. Sim, como se fosse um desses filmes ingênuos que já nem exibem mais durante as minhas madrugadas insones. Amargas... Imensas... E cada vez mais vazias. Será que emudecemos? O medo faz isso com a gente? Ou a desilusão? Como saber se nem tentamos descobrir? Mais decidido. Ou, quem sabe, menos romântico que eu. Ele saiu primeiro. Fui logo atrás. Como sempre, as duchas estavam lotadas. Como sempre, na claridade todos se tornaram distantes e pudicos. O pavor de demonstrar que, no fundo, gostávamos de exibir nossa nudez a um só tempo nos igualava e nos repelia. Em meio a tantos, qual era ele? E eu? Se ao menos. Só mais uma vez. Eu pudesse tocá-lo. Aposto que o reconheceria de imediato. Sim, porque sonhei tanto com esse nosso encontro! E lá. Ainda enredados no sonho. Nossos corpos eram infinitamente mais transgressores; não nos resumiam a coxas-peitos-paus--bundas. Aliás, o óbvio da carne já não tinha a menor importância. Nem para ele. Nem para mim. Porém bastava abrir os olhos. Que tudo nos afastava. *Outdoors*. Revistas. Belos. Belas. O mundo se alimenta da nossa solidão. Mas. Como sou teimoso. Lutei contra. Espalhei mensagens apaixonadas no Orkut. Faixas nas ruas. Risquei o contorno do meu pau nos troncos das árvores do Ibirapuera. Até que. Sem resposta. Ou prova de que ele existia. Melhor ainda: existia e também procurava desesperadamente por mim. Acabei viciado. Não sabia mais viver sem essas buscas. Por isso, vasculhei saunas. Classificados de sexo. Ruas. Cinemas. Subúrbios. Trepei com a cidade inteira. Não por tesão. Mas porque precisava muito. Muito mesmo! Achar uma pista.

E qualquer sinal servia. Ah, se eu soubesse um pouco mais dele! Ou se ele soubesse um pouco mais de mim! Ou se soubéssemos um pouco mais de nós mesmos! Talvez isso nos aliviasse do peso desumano dessa busca inútil. E olha que eu já estava quase entregando os pontos. Bobagem querer encontrar uma sombra fujona, um desejo arisco, um amor vampiro que a claridade afasta, dilui. Mas. Foi ali. Quem diria? Misturados a tantos corpos tesudos e cintilantes jatos de esperma, que, de modo inesperado e após um beijo revelador, não tivemos mais a menor dúvida: finalmente havíamos nos encontrado! "Agora", disse a mim mesmo, "é só ter um pouco mais de paciência". Fui, então, até o vestiário. Abri o cadeado do escaninho. Apanhei minha munição de látex. E voltei. Ainda mais ansioso. Ao meu príncipe encantado. E sem rosto. Que vivia escondido. Talvez de mim. Ou dele próprio. No *dark room*.

O VOYEUR

Estudávamos na mesma turma desde o primário. Melhor aluno que Guga, eu passava cola pra ele em quase todas as provas. Em troca, meu amigo me protegia das piadinhas e assédios dos garotos mais velhos.

Infelizmente, nosso pacto durou apenas até o colegial. Após Guga nocautear um colega de time que havia passado a mão na minha bunda, a diretora nos trocou de sala aos berros: "Já são dois marmanjos, não podem mais viver tão grudados!"

Daquela manhã em diante, nossa amizade começou a esfriar. E Guga foi se juntando rapidamente ao grupo de marombeiros que me insultava. Numa tarde, querendo bancar o machão, ele cuspiu nos meus pés e me chamou de bicha-louca. Qualquer um podia, menos ele. Uma punhalada doeria menos.

Mas, como estávamos às vésperas do vestibular, não pensei mais naquilo. E fui cuidar

do meu futuro, se é que ainda me restava algum sem a companhia do meu grande amigo. Tinha ido pro espaço nosso plano de dividir apartamento e fazer juntos a faculdade de arquitetura. Sem a minha ajuda, é lógico que Guga levou bomba no último ano. Bem-feito!

Fui aprovado no Mackenzie, arrumei as malas e me mudei para São Paulo. Ou melhor: metade de mim foi comigo; a outra ficou com meu ex-amigo, perdida num labirinto de lembranças e sentimentos ainda muito confusos.

No verão seguinte, ao retornar de minhas férias em Avaré, o susto: Guga, mais lindo do que nunca, seria meu companheiro de viagem. Não o cumprimentei. Viajamos como dois estranhos: ele, fones enfiados nos ouvidos, fingia que escutava *funk* num velho Walkman desligado; eu, que lia Proust de cabeça para baixo.

Na escada rolante do Terminal Tietê, ele me puxou com força pelo braço e sussurrou no meu ouvido: "Se me der outra chance, podemos voltar a ser amigos!"

Meu coração disparou... Aliás, como sempre disparava quando eu sentia o hálito e o calor dele invadindo meu corpo de modo avassalador e irreversível.

Cedi, claro. E passamos a morar juntos.

Incapaz de assumir a paixão pelo meu amigo, seus banhos me serviam de inspiração e consolo. Pelo buraco da fechadura, eu me transferia para a água e apalpava seus músculos de boxeador, reverenciava seu mastro carnudo e deliciosamente flácido, contornava suas pernas grossas e peludas... Saciado esse meu lado *voyeur*, eu escorria por entre os dedos dos pés dele e rodopiava ralo abaixo, feliz.

E vivemos sem grandes sobressaltos até a noite em que, ao voltar mais cedo da faculdade, flagrei meu amigo esfregando o pau entre os seios de uma garota de cabelos oxigenados. Em vez de se intimidarem, os sacanas ficaram ainda mais excitados com a minha presença. Guga sorriu de modo cafajeste e fez sinal pra que eu me aproximasse do sofá. Mesmo contrariado, obedeci... E deixei que as mãos dele ajudassem as da garota a desabotoar a minha braguilha e a tirar o meu pênis pra fora. Enquanto ela me chupava de quatro, Guga a possuía por trás. Aos poucos, fui me afastando deles. E gozei pela primeira vez sem me tocar.

Depois de conferir o cachê, a garota se mandou. Então tomamos um porre para co-

memorar a primeira transa de Guga. Já um tanto alterado pelo álcool e com os lábios quase tocando os meus, ele perguntou se eu tinha gostado... "Do quê?", rebati. Ele não respondeu.

De madrugada, Guga veio ofegante até a minha cama, roçou de leve o mastro nos meus cabelos e disse: "Ainda tô cheio de tesão! Bate uma pra mim, vai!"

Fingi que dormia. E deixei que ele se masturbasse com a minha mão. Não fiquei excitado. O óbvio do sexo não me atrai. O toque me incomoda. Só consigo me satisfazer de longe, oculto, espiando.

O ESCRITOR DE CONTOS ERÓTICOS

Misterioso e sempre muito arisco, ele se sentava todas as noites no mesmo banco junto do antigo balcão espelhado do Dark Hunters Club, um inferninho escondido entre as cantinas e bares do Bixiga. Pedia um gim-tônica e ficava ali, absorto, como que hipnotizado pelos cubos de gelo. Copo vazio, o escritor jogava a grana para o *barman* e ia ao banheiro.

Após várias noites seguindo seus passos, tomei coragem e fui até o toalete... O escritor estava no reservado. Pelo vão inferior da porta, vi o sexo dele refletido na umidade do piso. Fiquei excitado...

— Tá me seguindo por quê? — ele berrou de repente, escancarando a porta.

— Tô escrevendo uma matéria sobre o seu trabalho.

— Não perca seu tempo. Só escrevo lixo.

— Não, não é verdade. Gosto muito dos seus contos.

Abotoando a braguilha, o escritor foi até a pia. Antes de lavar as mãos, cheirou bem as pontas dos dedos. Como ele não era um sujeito muito alto, seu pau parecia ainda mais descomunal. Livre da cueca e endurecido, o membro empurrava o pano grosso da calça, deixando a glande perfeitamente marcada. Bolas para um lado. Mastro para o outro.

— Gosta dos meus contos ou queria ver se minha vara é mesmo tudo isso que inventam por aí? No fundo, é o que todos querem.

Pigarreei. Precisava ganhar tempo.

— Sou um repórter, só isso.

— E jornalistas não trepam?

Desviei o assunto:

— Só quero uma entrevista.

— Esqueça. Se quiser me chupar, tudo bem. Mas sem entrevista, sem fotos.

Antes de sair, ele escarrou no cesto de papéis. Eu estava confuso; não esperava que ele reagisse daquela maneira. No entanto, para mim, naquele momento era tudo ou nada. Em final de estágio na redação da revista, minha contratação dependia daquela matéria. Muitos tentaram entrevistá-lo. Ninguém conseguiu.

Dali em diante, o escritor não apareceu mais no bar, e o jeito foi descobrir onde ele morava. Raspei minhas economias e aluguei um quarto no hotel que ficava na calçada em frente... De minha janela, com uma luneta comprada no camelô, eu podia espiar a sala do apartamento dele. Contrariando minha fantasia (na qual ele produzia seus textos buscando inspiração em sites de sexo bizarro e se masturbando), o autor datilografava sua ficção em uma velha Remington preta, completamente vestido e em meio a mapas astrológicos, figuras de cabala, pingentes de cristal, castiçais de terracota, incensos e anjos barrocos. Percebi que a criação de um novo conto demorava o tempo de uma vela acesa. Logo de manhãzinha, ele se espreguiçava na sacada, acariciando o impressionante volume do sexo, duro feito uma barra de aço sob o pano do jeans. Após fumar um cigarro, entrava e fechava as cortinas.

Conforme o tempo ia passando, maior era o meu desejo por aquele cara. Até que não aguentei mais e escrevi com espuma de barbear o número do meu celular nos vidros da janela. Ao me ver acenando para ele, o escritor balançou a cabeça e sorriu vencido. Segundos depois, o telefone tocou.

— Ok, pode vir — ele disse. — Mas não reclame depois...

Imaginando que ele se referia ao estrago que uma pistola daquele calibre poderia fazer nas pregas de um cara ainda sem muita experiência como eu, desci e atravessei a rua, tremendo dos pés à cabeça. A porta do apartamento dele estava aberta. Pedi licença e entrei. De repente, uma voz feminina me deixou estarrecido:

— Fique à vontade. Preciso terminar esta história antes...

Finalmente o escritor estava nu em sua escrivaninha: seios espremidos por uma faixa e imenso pênis de borracha balançando entre as pernas. Levei um susto: ele, na verdade, era ela!

— Vocês jornalistas precisam entender que certos mistérios não podem ser desvendados — disse a bela mulher, acendendo um cigarro. — A vida ia se perder do sonho e aí tudo ficaria previsível demais, sem magia, monótono.

Pálido, afundei no sofá e esperei que ela terminasse de escrever seu conto. Já amanhecia quando a chama da última vela se apagou. Encantado, beijei as mãos da escritora e fui saindo sem dizer nada. A matéria sobre o misterioso escritor de contos eróticos jamais foi escrita. Nem poderia.

PARA UM DIA QUALQUER, DEPOIS DE HOJE

Com urgência, você gritou algo assim, que precisamos retomar com urgência as rédeas da vida, porque se insistirmos nessa loucura de não querer mais nada com ninguém, mesmo que seja apenas por tesão ou qualquer outro sentimento que passe bem longe disso que agora acreditamos sentir um pelo outro e que, de tão intenso e ainda rejeitado por nós, tememos... Que talvez se transforme em amor?, você completa, antes de despejar no talharim o molho de tomate com cogumelos secos flambados no conhaque, folhas recém-colhidas de manjericão salpicadas em cima. E digo, abrindo outra garrafa de vinho: mas não esse amor que nos ensinaram a acreditar que é o único possível e, por isso mesmo, proibido pra gente como nós, que vive na contramão desses laços que (é o que pregam por aí,

não?) só podem existir entre homens-bem-
-machos-e-reprodutores e mulheres-bem-fê-
meas-e-parideiras, nunca entre dois peludos
que, no máximo, estariam liberados para
passar a vida inteira como amigos exempla-
res, parceiros de natação e de banhos inter-
mináveis no vestiário do clube. Ducha gelada
amansa nossa libido, fortalece nossos freios.
Sim, podemos usar todos esses artifícios que,
embora muito doloridos, ainda são consi-
derados inofensivos à frágil estabilidade da
sagrada família e blablablá. Peço desculpas: é
o vinho! E você, mais solidário do que ínti-
mo, acaricia minha perna com a ponta do
tênis novo e diz que prefere me ver desse jeito, mais humano, mesmo que divagando.
Estremeço. Meu sexo se avoluma e lateja na
calça do pijama. Ergo a taça: este aqui é pela
nossa despedida! Distantes, brindamos. In-
sisto: se é mesmo amor isso que a gente já
quase sente um pelo outro, por que terminar com tudo? Você, à queima-roupa: passamos do ponto. Enquanto era só sacanagem e
curtição, tudo bem. No fundo, acho que me
saio melhor sendo meio cigano nessas coisas
do desejo. Não sou gay, trepo por profissão,
sobrevivência ou talvez falta de talento pra
fazer qualquer outra coisa. Mas sem essa de

acordar junto, entende? Não quero isso pra mim, cara. O amor?, penso. Não digo nada. Seria inútil. Ele retoma: mas não vou sumir. Você pode me ligar sempre que sentir vontade de... Bem, você sabe. Só que vou cobrar meu preço de tabela. Nada de desconto. Vai ficar mais fácil se a gente não misturar as coisas. Quando virei michê, o coração ficou de fora. Lindo isso que você disse, cara: deixar-o-coração-de-fora! Pena que não me serve; eu não saberia viver sem o que ainda há de melhor em mim. Comovido, abro sua braguilha, seguro com força seu mastro adormecido e tento despertá-lo. Quando ele começa a dar sinais de vida, esvazio minha taça e me ponho a ordenhá-lo com a boca cheia de vinho. Você geme e eu peço que faça de conta que não estou aqui. Deve ser fácil pra você, certo, isso de ignorar os clientes e só pensar na recompensa enfiada na cueca depois que tudo acaba... Já está bem armado, o belo e viril instrumento, do jeito que você sabe que eu gosto: grande! Duro! Ameaçador! Aprendeu a me enfeitiçar, não é mesmo? Diz que vai me dar um pé na bunda... pra me encher ainda mais de tesão e dobrar o valor do cachê. Ok, pago pela exclusividade! Patrocino com prazer o meu desespero, a minha dor.

Agora chega de papo! Anda! Faz valer cada centavo! E aqui, bancando o ofendido, você vem com tudo pra cima de mim e me domina. Peço, mas não quero que pare. Você é meu dono. Sou teu escravo. Sem piedade, você me amordaça, venda meus olhos e me acorrenta de bruços na cama. Serviço completo, né?, pergunta, vestindo com asco a luva de látex e untando meu rabo com gel. Não sei por que me pede pra enfiar a mão, diz e rebato em pensamento: quero te sentir mais perto, mais grudado em mim. Daí, se você desaparecer um dia qualquer, depois de hoje, acho que já não vou sofrer tanto.

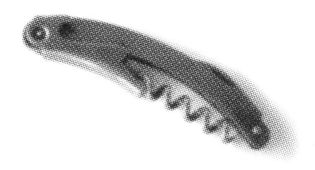

MADRUGADA SEM LUA

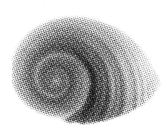

Ele chega sempre de mansinho e na mesma hora, farda branca impecável, mão direita enfiada no bolso furado, dedos alisando a ponta babada do sexo – faz tempo que espetou um par de argolas de ouro no freio para deixá-lo ainda mais sensível. E fica, assim, ensimesmado, contemplando o vaivém das ondas e os caranguejos albinos entrando e saindo de suas minúsculas tocas. Acende, então, um cigarro mentolado. Traga fundo. E olha em volta: as mesmas silhuetas. Lá, as ruínas de um píer. Aqui, engolida pela areia, a carcaça do velho navio de carga. Destroços que agora servem de abrigo para aventureiros tesudos e putas em fim de carreira.

Instantes depois, como se abrisse uma porta secreta no meio do nevoeiro, aparece o Outro, braguilha desabotoada, vara negra e grossa pulsando entre os dedos...

talvez enrijecida mais pelo vício de desafiar de novo o perigo do que pelo tesão do re-
-encontro. Há dez anos que fazem sexo na mesma praia deserta. Ele e o Outro. Os dois muito reticentes, ansiosos, ofegantes. Nada de conversa fiada. Revelar nomes, nem pensar. Tudo é muito simples e rápido: ao surgir o desejo, eles se encontram e transam. Duas feras no cio. Amantes provisórios que o tesão proibido une e o gozo culpado separa. Pacto silencioso firmado entre algas secas e conchas vazias.

Hoje, a surpresa: o Outro é quem se oferece para ser penetrado. Ele, após algumas cuspidas para lubrificar, abre caminho com uma das mãos e, com a outra, vai enterrando a ponta do vigoroso mastro, sem piedade. Dói muito. É falta de costume. Mais fácil se não invertessem os papéis. Ele já está acostumado a ser passivo. Não por gosto, mas porque sabe que poucos aguentariam seu avantajado dote. No começo, até queria experimentar. Só para ver se gostava... Acontece que nunca conseguiu encontrar um corajoso disposto a lhe servir de cobaia. Por isso, estranhou que o Outro quisesse agora se meter por baixo; nunca quis. No máximo, chupava. Sim, mas por camaradagem e jurando

que sentia nojo. Ser penetrado, jamais. "Sou macho", dizia. É o que todos dizem; talvez acreditem mesmo nisso.

Nova tentativa. Ele faz um gesto seco, de carrasco implacável, e o Outro se joga de costas e escancara bem as pernas. A dor ainda é forte. Os dedos enterrados na areia e os respingos da rebentação aliviam um pouco. Somente na terceira investida – o capitão é bem mais violento do que aparentava – a musculatura do reto cede e eles se engatam. No início, permanecem imóveis e temerosos... Até que o Outro começa a rebolar; descobre sozinho que, ao relaxar e contrair o esfíncter, o prazer aumenta. E segue mexendo, mexendo! Cada vez com mais força! As estocadas são como socos por dentro da barriga. Já não dói mais. Ou melhor: continua doendo. E muito! Mas é uma dor consentida, desejada. O suor escorre sob o quepe, desliza nas rugas da testa do capitão e salga a boca e os olhos do Outro. São dois bichos furiosos trepando, a dor faz parte do jogo. Também a mistura de cheiros. Os berros engolidos. A raiva de, nessas horas, ninguém ter a chave que para o tempo...

Logo o gozo virá farto e escaldante sobre os pelos da barriga, virilha, bolas, coxas. Mas será a primeira vez que eles adormecerão nus e abraçados. E daqui a pouco o Outro acordará com uma voz feminina cantarolando...

> *Yo no sé si es prohibido*
> *Si no tiene perdón*
> *Se me lleva al abismo*
> *Solo sé que es amor**

Terminada a canção, uma velha, que estará de joelhos, gravando um nome qualquer na areia úmida, gritará de longe:

— Eles nos chamam de loucos, moço, porque saímos nas madrugadas sem Lua, que nem gatas no cio, atrás do fantasma de um belo marujo cacetudo, que surge do meio das ondas para apagar o nosso fogo. Eles têm é inveja, muita inveja de nós e do nosso segredo!

— Por que você continua vindo aqui? — o Outro vai perguntar.

E ela, apontando com o queixo a carcaça do navio, responderá:

— Por costume, acho. Venho desde quando eu ainda era mocinha... Afundei junto, escondida no açúcar e morrendo de amores

---

* "Pecado", Carlos Bahr/Pontier Y Francini.

pelo famoso capitão de cabelos prateados e pau de cavalo. Mas as águas me devolveram deste jeito: nem morta, nem viva. O mar é ciumento, moço, não gosta das putas.

Depois disso, como sempre, o Outro vai se espreguiçar, dar um mergulho e vestir de novo suas roupas. O sol e os primeiros surfistas já estarão chegando...

SEXO, SUOR E URTIGAS

Para *Severo Luzardo Filho*

I

Nas férias, meu primo costumava vir da capital para passar uns dias na estância do meu pai. Mais velho que eu só algumas semanas – mas sexualmente bem mais experiente –, à noite ele se acariciava na cama debaixo do beliche. As luzes da varanda entravam de modo estratégico pela janela, e eu podia ver a silhueta da mão dele projetada na parede, deslizando suavemente em torno do sexo, que, ampliado pela sombra, parecia uma lança espetada na sua virilha. Envergonhado por não conseguir controlar meus impulsos, eu tapava os ouvidos para não escutar mais os gemidos dele. Mas o sacana ejaculava tão forte que o jato de esperma batia no estrado do meu colchão. Ah, e aí eu sentia o cheiro e imaginava a temperatura e o gosto que o esperma dele devia ter na minha boca – e só na minha boca! Mesmo sem saber, foi meu primo que me iniciou na arte de contemplar o cio alheio.

II

Certa madrugada, pelo buraco da fechadura da copa, vi Tereza, a cozinheira, lambendo a ponta arroxeada da imensa vara do novo capataz, Alcides, mulato forte, carrancudo, grisalho e, pelo visto, ainda bastante viril. Embora eu já fosse quase adulto, foi a primeira vez que fiquei muito excitado. Sim, eu já tivera outras ereções. Mas foi ali, espiando, que descobri minha queda por homens abrutalhados. Aquela imagem da boca da Tereza engolindo a imensa glande do capataz nunca mais me abandonou. Bem que ela tentava abocanhar todo o membro dele, mas logo desistia, engasgada. Até que Alcides a colocou de bruços sobre a mesa, e começou a penetrá-la por trás. "Aí, não!", ela pediu inutilmente... Com um rápido golpe de cintura, ele quase a partiu ao meio. O urro de dor e de orgasmo que a mulher soltou foi a um só tempo assombroso e muito excitante.

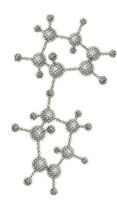

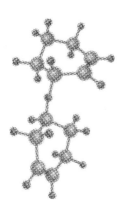

III

E assim meus verões iam passando lá no Sul...

Meu sexo não parava de crescer. Mas nem chegava perto do dote de meu primo, menos ainda do de Alcides, que era imbatível. Escondido no meio do mato enquanto ele se lavava no açude, prestei-lhe inesquecíveis homenagens. Muito medroso, eu jamais me atrevi a realizar minhas fantasias com o nosso capataz, nem com ninguém. No máximo, uma rápida carícia nas minhas pregas, pensando em lábios carnudos, línguas atrevidas. Ainda que desejasse muito enfiar o dedo, eu tinha medo – não de sentir dor ou de berrar feito a Tereza, mas de ser dominado por outros gostos, outras vontades que depois não me largassem mais.

IV

Ora, eu me lembrei de repente dessas coisas porque meu primo, após ter sumido por vários anos, veio passar o *réveillon* conosco. De manhã, fui buscá-lo na rodoviária. Quando saltei do jipe para ajudá-lo com as mochilas, ele me olhou dos pés à cabeça. Fiz que não vi o volume que se formou em sua braguilha depois que ele me deu um abraço apertado demais para ser apenas de saudade. Percebendo meu nervosismo, ele sorriu maliciosamente e revelou que não esperava me encontrar daquele jeito...

— Que jeito? — perguntei.

Ele piscou de modo cafajeste para mim, subiu no jipe e disse:

— Tão crescido e tão gostoso.

Mais adiante, já na estrada de terra que nos levaria à estância, ele, apalpando minha coxa, propôs:

— Que tal umas braçadas no açude, pra espantar o calor?

— Agora?

— E por que não?

Minuto seguinte, lá estava ele, totalmente nu, pele bronzeada, nadando de costas. A longa temporada no Exército tinha esculpido de forma extraordinária seus músculos. Perguntou se eu não ia me refrescar um pouco. Respondi que podia aparecer alguém...

— E daí? Já nadamos muito neste açude, pelados.

— Mas isso faz tempo, era coisa de guri.

— E agora é coisa de homem. Melhor ainda, não achas?

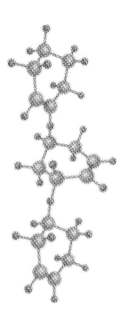

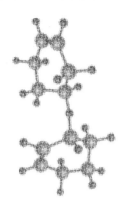

Antes de tirar as roupas, olhei em volta para ver se não havia ninguém por perto. Saltei na água.

— Cresceste, hein? — ele comentou, vindo mais para perto.

— Tu também.

— Nem tanto. Sente só...

Sem que eu pudesse me esquivar, ele puxou a minha mão até o seu membro enrijecido. Estremeci de tesão. Tantos anos sonhando com aquele momento...

— Vou te mostrar um truque que aprendi na piscina do quartel — ele disse, e mergulhou para me chupar.

Em seguida, pediu que eu fizesse o mesmo com ele. Obedeci.

Passava de meio-dia quando ele vestiu o preservativo e, com a língua, começou a me preparar pra receber seu vigoroso mastro. Pedi que tivesse um pouco de paciência, pois seria a minha estreia. Mas, antes que eu terminasse de falar, ele imobilizou meus braços e pernas e veio pra dentro de mim com tamanha fúria que o grito de prazer, há tanto tempo sufocado, saltou livre, ecoou mata adentro, abraçou o mundo e voltou pro meu peito em forma de pranto! E chorei tão alto que ele levou um susto e se afastou apreensivo.

— Te machuquei?

— Não, pelo contrário... — eu disse, puxando-o de volta.

Derretidos pelo sol e castigados pelas urtigas, mudamos de posição várias vezes. Nada mais nos importava.

V

Horas depois, quando nos aproximávamos da entrada da estância, ele quis saber se eu tinha gostado.

— Ainda não sei —, respondi, enfiando meus dedos por entre os botões da calça dele.

Ao descer de pau duro para abrir a porteira, meu primo deu de cara com Alcides.

— Já chegaste peleando, *tchê*? — disparou o mulato, fogoso.

— É o mormaço! — disse meu primo, sorrindo pra mim e apalpando a braguilha do capataz.

Este verão promete boas surpresas, pensei...

PROFECIA

Logo na porta do meu banheiro! Malditos pederastas, sodomitas, filhos do cão! Inconformado, o decrépito presidente enxuga o suor das têmporas, abre o zíper da calça puída, acomoda-se no vaso trincado e lê pausadamente, fazendo força para evacuar poeira, sangue, arrependimento:

"A ciência do futuro conseguirá desvendar apenas o óbvio: homens já amavam outros homens desde sempre. Nesse dia, líderes agonizantes e pró-apocalípticos arderão de inveja e acenderão as fogueiras da Nova Inquisição. Eis o sinal do fim dos tempos!"

Aliviado, o velho ergue a calça sem se limpar e vai saindo dali, como se nada tivesse acontecido. Mais adiante, assobiando um hino muito antigo, ele saltará por cima de esqueletos empilhados e ruínas do último incêndio.

------------------------ dobre aqui ------------------------

CARTA-RESPOSTA
NÃO É NECESSÁRIO SELAR

O SELO SERÁ PAGO POR

AVENIDA DUQUE DE CAXIAS
214-999 São Paulo/SP

------------------------ dobre aqui ------------------------

RELICÁRIO

edições
GLS

CADASTRO PARA MALA-DIRETA

**Recorte ou reproduza esta ficha de cadastro, envie completamente preenchida por correio ou fax,
e receba informações atualizadas sobre nossos livros.**

Nome:_____ Empresa:_____

Endereço: ☐ Res. ☐ Coml. _____ Bairro:_____

CEP: _____-_____ Cidade: _____ Estado: _____ Tel.: (   ) _____

Fax: (   ) _____ E-mail: _____ Data de nascimento: _____

Profissão:_____ Professor? ☐ Sim ☐ Não Disciplina: _____

1. Você compra livros:

☐ Livrarias   ☐ Feiras
☐ Telefone   ☐ Correios
☐ Internet   ☐ Outros. Especificar:_____

2. Onde você comprou este livro?

_____

3. Você busca informações para adquirir livros:

☐ Jornais   ☐ Amigos
☐ Revistas   ☐ Internet
☐ Professores   ☐ Outros. Especificar:_____

4. Áreas de interesse:

☐ Astrologia
☐ Atualidades, Política, Direitos Humanos
☐ Auto-ajuda
☐ Biografia, Depoimentos, Vivências
☐ Comportamento
☐ Educação

☐ Literatura, Ficção, Ensaios
☐ Literatura erótica
☐ Psicologia
☐ Religião, Espiritualidade, Filosofia
☐ Saúde

5. Nestas áreas, alguma sugestão para novos títulos?

_____

6. Gostaria de receber o catálogo da editora? ☐ Sim ☐ Nã·

cole aqui

Indique um amigo que gostaria de receber a nossa mala-direta

Nome:_____ Empresa:_____

Endereço: ☐ Res. ☐ Coml. _____ Bairro:_____ _____

CEP: _____-_____ Cidade: _____ Estado: _____ Tel.: (   ) _____ _____

Fax: (   ) _____ E-mail: _____ Data de nascimento: _____ _____

Profissão:_____ Professor? ☐ Sim ☐ Não Disciplina: _____ _____

Edições GLS
Rua Itapicuru, 613 7º andar 05006-000 São Paulo - SP Brasil Tel. (11) 3872-3322 Fax (11) 387
Internet: http://www.edgls.com.br   e-mail: gls@edgls.com.br